ENVOI À JULIE,

DE L'ART DE PLAIRE

Air : *Je ne sais plus de ses Vainqueurs. (Amour et Mystère)*

Le doux Sceptre de la Beauté

Est dans tes mains ô mon amie,

Et j'obéis avec fierté

Aux Lois que me dicte Julie

Quand tu sais captiver l'Amour

Par ton esprit et par tes charmes

T'offrir, l'Art de Plaire, en ce jour

N'est ce pas te rendre les armes

L'ART de Plaire

À PARIS

Chez Janet, Libraire, Rue S.t Jacques N.o 59.

De l'Imprimerie de P. Didot aîné.

L'ART

DE PLAIRE.

CHARLES VII

ET AGNÈS SOREL.

Air : *Vous ne pouvez pas être sourd*
Lorsque Richelieu vous appelle.

Au champ d'honneur, jeune guerrier,
Volez ; que rien ne vous arrête !
Saisissez votre bouclier,
Briguez une noble conquête.
Aux myrtes heureux de l'amour
Préférez la palme immortelle ;
Vous ne pouvez pas être sourd
Lorsque la gloire vous appelle.

Le fier Charles sept, à ces mots,
Rougit de sa mollesse extrême;
L'amant disparoît.... le héros
Devient digne de ce qu'il aime.
Vers son Agnès tournant les yeux:
« Je cours, où m'appelle la gloire,
« Echanger ce myrte amoureux
« Contre un laurier de la Victoire. »

HYMNE A LA BEAUTÉ.

Tout rend hommage à la Beauté:
Pour éclairer ses traits le jour se renouvelle;
Pour la chanter s'éveille Philomele;
Le ruisseau qui fuyait, devant elle arrêté,
Trace son image fidelle;
Des pavots du sommeil la douce volupté
Rend de son teint la fraîcheur éternelle:
L'ordre de l'univers semble établi pour elle.

LES AMOURS

DE LA CHEVALERIE.

Air : *L'astre des nuits de son paisible éclat.*

Des Chevaliers, guerriers et Troubadours,
Vive à jamais l'antique courtoisie !
Je veux chanter leurs parfaites amours :
Doux souvenirs, échauffez mon génie !
    Et vous, apprenant par mes chants
    Comme ils aimaient jadis leur mie,
    Belles, regrettez les amans
    Du tems de la chevalerie.

De sa Beauté suivant toutes les lois,
Lui consacrant et son cœur et sa lance,
Alors un preux, dans un fameux tournois,
De ses rivaux défiait la vaillance.
    Le prix de ses succès brillans,
    C'était un regard de sa mie ;

Belles, regrettez les amans
Du tems de la chevalerie.

Après un an de constantes ardeurs,
Un seul baiser devenait son salaire;
S'il obtenait de plus douces faveurs,
Amant heureux, lors il savait se taire.
　　A tous, de nos jours, triomphans,
　　Ils disent le nom de leur mie;
　　Belles, regrettez les amans
　　Du tems de la chevalerie.

Pour les combats jadis un Chevalier,
Abandonnant son pays et sa Belle,
Allait au loin, jaloux d'un beau laurier,
Par elle armé, combattre l'infidèle.
　　Dans les dangers, au sein des camps,
　　Il pensait encore à sa mie;
　　Belles, regrettez les amans
　　Du tems de la chevalerie.

Mais nos héros, toujours victorieux,
Au champ d'honneur, au champ d'amour agil

Veulent soumettre, en leurs travaux heureux,
Autant de cœurs qu'ils ont conquis de villes :
  Pour la gloire seule constans,
  Ils ne le sont pas pour leur mie ;
  Belles, regrettez les amans
  Du tems de la chevalerie.

Des mœurs du temps, Laure, fuyant l'erreur,
Du Troubadour j'adopte la franchise ;
Je veux qu'ainsi, de constance, d'honneur,
Les mots sacrés soient pour toi ma devise.
  Comme lui, fidèle et chantant
  Mon amour et ma gente amie,
  En moi tu verras un amant
  Du tems de la chevalerie.

IL FAUT AIMER.

CHANSON.

Il faut aimer, une triste sagesse
Poursuit une ombre en cherchant le vrai bien
Ce bien si doux qu'elle promet sans cesse,
Pour le trouver il n'est qu'un seul moyen :
Il faut aimer, etc.

Le seul amour donne un prix à la vie :
On n'en jouit que sous ses douces lois.
Bergers amans , un roi vous porte envie ;
Vous n'enviez jamais le sort des rois.
Le seul amour, etc.

Avant d'aimer on ne vit point encore :
Dans le repos le cœur est engourdi.
Du vrai bonheur le desir est l'aurore ;
Et le plaisir en est le plein midi.
Avant d'aimer, etc.

Froide raison, est-ce à tort qu'on t'oublie
Pour se livrer au délire amoureux ?
Comment peut-on accuser de folie
L'art d'être aimable, et le soin d'être heureux ?
Froide raison, etc.

Il faut aimer, la nature indulgente
Nous donne à tous cette sage leçon.
Au fond du cœur, Iris, sa voix touchante
Vous dit tout bas, bien mieux que ma chanson :
Il faut aimer, etc.

AUX MUSES.

SOUFFREZ les Amours sur vos traces,
Muses ; souvenez-vous toujours
Que l'esprit est sans les amours
Ce qu'est la Beauté sans les Graces.
C'est à l'amour qu'il faut céder ;
Quel autre charme nous arrête ?
L'esprit peut faire une conquête,
Mais c'est au cœur à la garder.

FRANÇOIS Ier
ET LA BELLE FÉRONNIERE.

Air : *De Colalto.*

La Nature par ses faveurs
De François doubla la puissançe ;
Pour avoir l'empire des cœurs
Il n'avait pas besoin d'étre né roi de France.
Il recherchait pour le charmer
Chaque savant et chaque belle :
Des arts ce protecteur fidèle
Lui-même enseigna l'art d'aimer.

Si de la guerre les hasards
Trompèrent par fois son courage,
L'amour sous ses doux étendards
Pour François sut fixer la fortune volage.
Les plaisirs composaient sa cour,
Et l'aimable coquetterie,

En exilant la pruderie,
Des Graces en fit le séjour.

Née au sein de l'obscurité,
Long-tems la belle Féronnière,
Par l'attrait de la volupté,
A ce prince galant eut le secret de plaire.
Il oubliait tout dans les bras
De cette séduisante amie...
Mars avait respecté sa vie,
Mais l'amour causa son trépas.

LEÇON SUR L'ART DE PLAIRE.

A UNE JEUNE DEMOISELLE.

Air : *C'est à mon maître en l'art de plaire.*

AIMABLE enfant, que votre mère
Met en mes mains pour vous former,
Voulez-vous, gentille écolière,
Apprendre l'art de tout charmer ?
De cet art voici le mystère
Dont je veux bien vous informer :
Aimez ; quand on aime on sait plaire ;
Pour plaire il faut savoir aimer.

Quel agréable ministère !
Que j'ai de goût pour mon emploi !
Qu'avec plaisir je saurai faire
Tout ce qui dépendra de moi !
Dans ce grand art si nécessaire,
Heureux qui pourra vous former !
Puisque c'est celui qui sait plaire,
Qui peut seul montrer l'art d'aimer

LEÇON D'AMOUR.

Air : *C'est à mon maître en l'art de plaire.*

Quel préjugé, quelle folie,
De craindre les soins d'un amant !
C'est tout le bonheur de la vie
Qu'un mutuel engagement.
Des Amours imitez la mère,
Comme elle vous savez charmer ;
Mais c'est trop peu que l'art de plaire,
Il faut avoir celui d'aimer.

Ah ! si vous vouliez, pour l'apprendre,
Vous en rapporter à ma foi,
Je m'efforcerais de vous rendre
Presqu'aussi savante que moi.
De tous les secrets de Cythère
Qui pourrait mieux vous informer ?
Comme vous savez l'art de plaire,
Je possède celui d'aimer.

QUINZE ANS.

Air : *Des simples jeux de mon enfance.*

Quinze ans!... Thémire, ô le bel âge !
Des doux plaisirs c'est la saison :
De tes quinze ans fais bon usage ;
A quinze ans l'Amour fait moisson.
Avant quinze ans une bergere
Est du nombre encor des enfants ;
Il faut avoir quinze ans pour plaire ;
On n'est point belle avant quinze ans.

A quinze ans finit la culture ;
Le bouton alors devient fleur ;
C'est à quinze ans que la nature
Parle à nos sens, nous donne un cœur.
A cinq ans on verse des larmes ;
A dix sont les jeux innocents ;
A douze, les tendres alarmes ;
Mais pour aimer, il faut quinze ans.

LA BELLE GABRIELLE.

Charmante Gabrielle,
Percé de mille dards,
Quand la gloire m'appelle
Sous les drapeaux de Mars,
Cruelle départie !
> Malheureux jour !
Que ne suis-je sans vie,
> Ou sans amour ?

Partagez ma couronne,
Le prix de ma valeur ;
Je la tiens de Bellone :
Tenez-la de mon cœur.
Cruelle départie !
> Malheureux jour !
C'est trop peu d'une vie
> Pour tant d'amour !
> (*Attribuée à Henri IV*).

L'OMBRE DE GABRIELLE.

ROMANCE.

Air : *Charmante Gabrielle !*

Charmante Gabrielle,
Toi, si chère à nos cœurs,
Que ton ombre fidelle
Se couronne de fleurs ;
Paris te rend hommage
En ce moment ;
Il applaudit l'image
De ton amant.

Adorable maîtresse
Du plus grand des Henris,
Que j'aime ta faiblesse !
Combien je te chéris !
C'est trop peu qu'une belle
Puisse charmer ;
Pour se rendre immortelle
Il faut aimer !

POUR LA FETE DES ROIS.

Air : *Pour passer doucement la vie.*

Le Sort tour-à-tour nous couronne,
Et nous donne une autorité
Que sans faiblesse on abandonne,
Comme on en jouit sans fierté.

Ainsi que le tems, le vin coule :
Du meilleur, pour nous, on fait choix ;
Et c'est là la divine ampoule
Qui sert au sacre de nos Rois.

Tous les jours sont des jours de fêtes ;
La paix règne dans notre cour ;
Nous n'entreprenons des conquêtes
Que sous les drapeaux de l'Amour.

Jamais l'intérêt ne nous brouille ;
Bacchus sait nous accorder tous :

Quand le sceptre tombe en quenouille,
L'empire n'en est que plus doux.

Ce que l'on dit dans notre Empire
Ne doit point être répété ;
On commettrait, en l'osant dire,
Crime de lèze-majesté.

Vous régnez avec moi, ma belle ;
Partagez des honneurs trop courts :
Si ma couronne était réelle,
Vous seriez Reine pour toujours.

AUX FEMMES.

Air à faire,
Ou : *Un soir, dans la forêt prochaine.*

Vous que le ciel fit pour séduire,
Vous qui dispensez les faveurs,
Belles, voulez-vous sur les cœurs
Conserver toujours votre empire?
De l'amour imitez les sœurs;
Songez qu'il faut suivre leurs tracés,
Et que la beauté, sans les graces,
Serait comme un printems sans fleurs.

Pour nous charmer, sachez encore
Cultiver d'aimables talens;
Formez-vous dans les arts charmans
Et d'Euterpe et de Terpsichore.
La beauté peut séduire un jour,
Mais le tems avec lui l'entraîne :
Les talens sont la seule chaîne
Qui puisse captiver l'Amour.

Sans affecter votre parure,
Que le goût sache l'embellir,
Et qu'un peu d'art vienne s'unir
Aux dons heureux de la nature ;
Mais que toujours, dans votre cœur,
Une secrette voix rappelle
Que la parure la plus belle
Est le voile de la pudeur.

~~~~~~~~~~~~~~~~~~~~~~~~~~~~~~~~~~~~~~~

LA PEINE CHÉRIE.

Air du *Vaudeville de l'Avare et son ami.*

Des langueurs où l'amour me jette,
Loin que je songe à me sauver,
Je chéris ma peine secrette ;
Tout mon plaisir est d'y rêver.
En effet, l'ennui d'un cœur tendre
Est un mal si doux à garder,
Que, si l'on pouvait en céder,
Point ne voudrais m'en laisser prendre.
~~~~~~~~~~~~~~~~~~~~~~~~~~~~~~~~~~~~~~~

LA FEVE DES ROIS.

Faisant les Rois avec Climène,
Une fève la rendit Reine :
Tout le monde en fut enchanté.
L'Amour me chargea de lui dire
Qu'il approuvait sa royauté,
Et qu'il lui cédait son empire.

L'ÉGALITÉ.

L'Amour égale, sous sa loi,
La bergère, ainsi que le roi;
Sitôt qu'il en fait sa maîtresse,
Sitôt qu'il a pu l'engager,
La bergere devient princesse,
Et le prince devient berger.

HENRI IV ET GABRIELLE.

Air du *Vaudeville de Catinat*.

A combattre ses ennemis
Henri mettait toute sa gloire ;
A peine un peuple était soumis,
Qu'il cherchait une autre victoire.
Au sein du tumulte des camps
L'Amour, qui faisait sentinelle,
Un jour se mêla dans les rangs
Pour lui parler de Gabrielle.

Suis-moi, dit-il, vaillant guerrier,
Je veux exercer ton courage ;
Du héros l'orgueilleux laurier
Au myrte doit servir d'ombrage.
Il est une jeune beauté,
Mais un Argus veille sur elle ;
En lui rendant la liberté,
Tâche de fixer Gabrielle.

Henri sent tressaillir son cœur
Au nom séduisant d'une femme;
Il sent redoubler cette ardeur
Dont la gloire embrase son ame;
Et guidé par le Dieu malin
Vers la conquête qui l'appelle,
En trompant un père inhumain,
Il s'abandonne à Gabrielle.

Bellone, accusant son repos,
L'éloigna de sa bien-aimée,
Et son retour sous les drapeaux
Rendit l'espoir à son armée;
Mais l'Amour, qui guidait ses pas,
Offrait à cet amant fidèle,
A travers l'horreur des combats,
Les traits charmans de Gabrielle.

Il ne put long-tems supporter
Les tourmens cruels de l'absence,
Quoiqu'il eût tout à redouter
De l'excès de son imprudence :
Sous les habits d'un villageois,

Traversant un pays rebelle,
Henri trouva plus d'une fois
Le plaisir près de Gabrielle.

L'AMOUR ET LA GALANTERIE.

Air du *Vaudeville de l'Avare et son ami.*

« D'ÊTRE toujours seul en voyage
« Je suis las, disait Cupidon ;
« D'une compagne de mon âge
« Ne pourrais-je obtenir le don ? »
A ces mots, Vénus attendrie
Assemble sa brillante cour,
Et, pour accompagner l'Amour,
Fit naître la Galanterie.

Ensemble ils se mettent en route :
Le premier jour ils sont d'accord ;
Mais bientôt l'Amour se dégoûte,
Et près de sa sœur il s'endort.

Avec sa compagne jolie
Ce dieu ne resta qu'un seul jour :
En Espagne s'en fut l'Amour,
En France la Galanterie :

Malgré ses torts et ses caprices,
Le dieu d'amour, en tapinois,
De sa sœur, pour quelques services,
Est forcé d'emprunter la voix.
Un amant près de son amie,
Usant de cet adroit détour,
Souvent en faveur de l'Amour
Fait parler la Galanterie.

A MADAME * * *.

En faveur de ma jeunesse
Et de ma folle gaîté,
Vous n'avez que trop vanté
Des chansons que la paresse
Me dicta pour la beauté :
En flattant ma vanité
Vous affligez ma tendresse.
Je vous aime, et j'ai vingt ans !
Le laurier peut-il me plaire ?
Enchaînez-moi de rubans,
Parez ma muse légère
Et du myrte de Cythère
Et des festons du printems.
La gloire est belle à mon âge,
Mais l'amour est enchanteur :
Louez un peu moins l'ouvrage,
Aimez un peu plus l'auteur.

DE B....

LOUIS XIV

ET Mlle DE LAVALLIERE.

Air : *Avec vous sous le même toît.*

Pour le beau sexe plein d'égards,
Louis, en courtisant Bellone,
Sut unir aux lauriers de Mars
Les doux myrtes que l'amour donne.
Par sa valeur et ses exploits
Il fit trembler toute la terre ;
S'il lui donna souvent des lois,
Il en reçut de La Vallière.

Ce roi poli, doux et galant,
Rendit toujours honneur aux belles :
Aussi n'est-il pas étonnant
Qu'il ne trouva point de cruelles.
Au combat, fier et courageux,
Eclata sa valeur guerrière ;

Il eut un vainqueur dans les yeux
De la charmante la Vallière.

AUX BELLES.

Belles, on peut vous définir
Les arbitres de notre vie ;
Un conquérant peut devenir
L'esclave de femme jolie.
L'Amour ne connait pas de rangs,
La beauté peut tout d'un sourire :
Combien vit-on de rois galans
Se soumettre à leur doux empire !

ÉLOGE DE LA COQUETTERIE.

HOMMAGE AUX BELLES.

Air : *Du pas redoublé.*

Jeune Iris, souffrez sans courroux
De passer pour coquette :
Pourquoi vous offenseriez-vous
D'une telle épithète ?
Quelque grain de légéreté
Et de coquetterie
Ajoute encore à la beauté
Le titre de jolie.

Ne voyons-nous pas tous les jours
Folâtrer sur vos traces
Presqu'autant de nouveaux Amours
Qu'on voit en vous de graces ?
On n'engage qu'un seul amant
Quand on est si fidelle.

Qui ne veut que plaire en a cent
Qui voltigent comme elle.

Pourquoi vouloir mal-à-propos
Vous piquer de constance ?
Cette triste vertu des sots
N'est plus de mode en France.
Laissez aux belles du commun
L'honneur d'être constante.
Vaut-il mieux n'en rendre heureux qu'un
Que d'en amuser trente ?

Ces belles dont l'antiquité
Consacra la mémoire,
Avec plus de fidélité
Auraient eu moins de gloire;
Et sans le nombre des amans
Qui les ont adorées,
Que de déesses de ce tems
Qui seraient ignorées !

Nous aurait-on parlé jamais
De la beauté d'Hélène,

Sans ces rois et ces héros grecs
Qui portèrent sa chaîne ?
Vénus même, sans les Amours
Qui naissent sur ses traces,
A Paphos s'ennuîrait toujours
Seule avec les trois Graces.

Imitez toujours nos guerriers,
Si jaloux de la gloire,
Qu'ils ne veulent que des lauriers
Pour prix de la victoire.
A peine un cœur est-il domté,
Attaquez-en un autre :
Triomphez de leur liberté ;
Jouissez de la vôtre.

L'ART D'ÊTRE AIMABLE.

AVIS AUX MARIS.

Air : *Eh ! ma mere, est-c'que j'sais ça ?*

De la sombre jalousie,
Maris, fuyez le poison ;
Cette noire frénésie
Vous prive de la raison.
Si des rivaux redoutables
Causent vos tourmens secrets,
En vous rendant plus aimables,
Renversez tous leurs projets.

Pour l'objet qui vous engage
Devenez plus complaisans ;
Par un gracieux langage
Méritez des soins constans :
L'époux qui gronde et murmure,
Sur le livre du Destin

Est mis en grosse écriture
Au chapitre de Vulcain.

Si votre épouse est fidelle,
A tort vous vous alarmez;
Si l'amour ailleurs l'appelle,
En vain vous vous gendarmez :
Par douceur vous pourriez être
Excepté du sort commun;
Mais si vous parlez en maître,
Je parierais cent contre un....

Argus, auprès d'une belle,
Eut beau veiller nuit et jour;
Malgré sa garde éternelle,
Il fut dupé par l'amour.
Si ce gardien si sévère
Ne put rien avec cent yeux,
Hélas! que pourriez-vous faire,
Vous qui n'en avez que deux?

La contrainte dont on use
Par un jaloux mouvement,

D'une femme accroît la ruse,
Et les desirs d'un amant :
Souvent même on ne s'engage
Dans un commerce galant,
Que pour goûter l'avantage
De tromper un surveillant.

Pour trop user de remède,
Bien souvent on se détruit ;
De l'erreur qui vous possède,
Jaloux, c'est là tout le fruit,
Vos précautions sévères
Avancent l'instant fatal,
Et vos peurs imaginaires
Réalisent votre mal,

COMME ON DEVRAIT AIMER,

ET COMME ON AIME.

ÊTRE soumis, tendre et sincère,
N'avoir d'autres soins que de plaire
A l'objet qui sut vous charmer,
C'est ainsi qu'on devrait aimer :
Ne considérer que soi-même,
Renoncer à la bonne foi,
N'avoir que son plaisir pour loi,
　　C'est ainsi que l'on aime.

Loin des beaux yeux de sa maîtresse
Sentir une vive tristesse
Qu'aucun plaisir ne peut calmer,
C'est ainsi qu'on devrait aimer :
N'y penser plus dès le jour même,
Se livrer à d'autres amours,
Et changer d'objet tous les jours,
　　C'est ainsi que l'on aime.

Se plaire dans son doux martyre,
Ressentir beaucoup et peu dire,
Par des soins constans s'exprimer,
C'est ainsi qu'on devrait aimer :
Affecter une peine extrême,
Feindre sans cesse de languir,
Beaucoup dire et peu ressentir,
C'est ainsi que l'on aime.

LES RIENS.

CHANSON DE RIEN QUI VAUT QUELQUE CHOSE.

Air : *Des Trembleurs.*

CHANSONNIERS intarissables
Dont les accens délectables
S'éleveraient jusqu'aux.... diables,
Que n'ai-je tous vos moyens ?
Je me sens quelque caprice
D'entrer avec vous en lice ;
Mais j'ai si peu de malice
Que je chanterai des riens.

De riens ce monde fourmille ;
Par des riens maint auteur brille ;
Tel époux dans sa famille,
Malgré ses yeux, n'y voit rien :

Tandis qu'un amant plus leste
A sa femme fait un geste
Qu'elle entend d'un air modeste,
Sans faire semblant de rien.

Jeune beauté qu'on badine
Craint le dieu qui nous lutine,
Et sa pudeur enfantine
S'alarme à propos de rien ;
Mais bientôt, suivant l'usage,
Prenant goût au badinage,
Son cœur deviendra volage,
Sans s'effaroucher de rien.

Un rien console une belle,
Adoucit une cruelle ;
Un rien la rend infidelle,
Sans qu'on ait soupçon de rien ;
Un rien mène à la fortune ;
Mais, si peu qu'on l'importune,
Elle s'enfuit dans la lune,
Et l'on est réduit à rien.

Rien ! nous dit le vieil avare
Dont le cœur dur et barbare
Jusques au fond du Ténare
Voudrait emporter son bien !
Vieux fou, garde ta richesse,
Bien peu ton or m'intéresse ;
Je me ris de ma détresse :
Qui n'a rien ne risque rien.

Si ma chanson éphémère
Vous semblait par trop légère,
Ne m'en faites pas la guerre,
Ou.... je ne réponds de rien.
Dites plutôt, je vous prie,
Que, sans en avoir envie,
Malgré vous cette folie
Vous a fait rire de rien.

LE MILITAIRE.

Air à faire.

Les ennemis s'avancent à grands pas;
    Adieu, Lia, je prends les armes;
Je vais porter au milieu des combats
    Le doux souvenir de tes charmes.
Ne livre pas ton ame à la douleur;
    Et si je dois perdre la vie,
Ce sacrifice est encore un bonheur,
    Il est pour toi, pour ma patrie.

Sir Enguerrand frappe son bouclier;
    C'est le signal de la victoire.
Dans les périls on le voit le premier,
    Guidé par l'amour et la gloire.
Aux chevaliers marchant à ses côtés,
    Jaloux d'imiter sa vaillance,
Il répétait : Guerriers, vous combattez
    Pour votre amie et pour la France.

Les ennemis sont frappés de terreur ;
   Par-tout ils mettent bas les armes,
Et ton amant, plus fidele, et vainqueur,
   Lia, vient finir tes alarmes;
Mais le laurier conquis par la valeur
   N'est pas le seul prix qu'il envie;
Il en est un aussi doux pour son cœur,
   C'est le regard de son amie.

VERS

FAITS ET PRÉSENTÉS DANS UN BAL MASQUÉ.

C'EST assez m'abuser, ô divine inconnue !
Laissez tomber ce voile, et montrez-moi vos yeux.
Par de si doux accens mon ame prévenue
S'obstine à voir en vous le chef-d'œuvre des Dieux.
J'ignore dans quel rang leur sagesse profonde
Vous fit naître en secret pour ma félicité;
Mais, par l'esprit, le ton, les graces, la beauté,
   Vous êtes la reine du monde.

BAYARD ET Mme DE RANDANT.

Air : *L'Amour est un dieu volage,*
(de Haine aux Femmes.)

Auguste appui de la France,
Noble et loyal chevalier,
Bayard, tu sus allier
Au courage d'un guerrier
L'humanité , la clémence ;
Tu péris au champ d'honneur
Et sans reproche, et sans peur.
Des regrets de ta patrie
Tous nos cœurs ont hérité :
Heureux qui peut de sa vie
Payer l'immortalité !

Quand, sous les yeux de Bellone,
Tu triomphais chaque jour,
Ton cœur ignorait l'amour ;
Mais cet enfant, à son tour,

Te devait une couronne.
La beauté, séchant ses pleurs,
Orna tes lauriers de fleurs.
D'une conquête si chère
Tu privas tous tes rivaux....
Un héros seul pouvait plaire
A la veuve d'un héros.

A UN MYRTE.

Bel arbre, je viens effacer
Ces noms gravés sur ton écorce,
Qui, par un amoureux divorce,
Se reprennent pour se laisser.
Ne parle plus d'Éléonore,
Rejette ces chiffres menteurs ;
Le tems a désuni les cœurs
Que ton écorce unit encore.

L'AMOUR ET LE MYSTÈRE.

Air : *De la Cavatine.*
(Du Bouffe et du Tailleur).

Sans prévenir sa mère
　　L'Amour
Voulut quitter Cythère
　　Un jour.
Viens, dit-il au Mystère,
　　Suis-moi,
Que j'impose à la terre
　　Ma loi.

Son compagnon docile
　　Sourit,
Et bientôt hors de l'Isle
　　Le suit,
Pour cacher sa malice
　　Couvrant

De son voile propice
        L'enfant.

Chacun vers eux sans crainte
        Courait,
Et ressentait l'atteinte
        D'un trait.
L'Amour vainqueur s'écrie :
        Tu vois
Que seul j'ai sur la vie
        Des droits.

Mais de cette arrogance,
        Hélas !
Le mystère s'offense
        Tout bas :
Ami, dit-il, je quitte
        Ce lieu;
De ton bonheur profite ;
        Adieu.

Trois fois l'Amour l'appelle,
        Trois fois

Répond d'Echo fidèle
     La voix.
Alors, quoique sans voile,
     Il veut
Suivre la bonne étoile...
     S'il peut.

La victoire chérie
     A fui;
Par tout on se méfie
     De lui.
Il retourne à Cythère
     Confus:
L'Amour sans le Mystère
     N'est plus.

L'AIMANT.

CHANSON.

Dᴇ l'amour faire un badinage,
C'est bien la plus sûre façon ;
Mais d'une si bonne leçon
Est-il aisé de faire usage ?
        Tout doucement
    On forme un engagement ;
Pour nous la femme est un aimant.

On se fait un plan d'être sage ;
On veut jouir sans se livrer,
Goûter de tout sans s'enivrer,
Servir l'Amour sans esclavage.
        Tout doucement
    Ce beau projet se dément ;
On sent l'attrait de son aimant.

On a vu Thémire au passage,
Sans le vouloir on s'en souvient;
Le soir son image revient;
Le matin encor son image.
       Tout doucement
   On soupire en la nommant;
   Le cœur reconnaît son aimant.

On veut être admis chez Thémire,
A son papa l'on fait accueil;
On va le voir, et d'un coup-d'œil
On peint ce que l'on n'ose dire.
       Tout doucement
   Le desir, en mouvement,
Voltige autour de son aimant.

On affecte un ton de sagesse;
A la mère on parle raison;
On est l'ami de la maison;
Au petit chien l'on fait caresse.
       Tout doucement,
   Sous l'air de l'amusement,
   On attire à soi son aimant.

D'un main timide et tremblante
De Thémire on presse la main ;
Deux soupirs, croisés en chemin,
Font rougir l'amant et l'amante.
    Tout doucement
  L'on dit un mot seulement,
L'on voit s'agiter son aimant.

Laissez-moi, vous dit la friponne,
Conduire le fil du roman ;
Faites votre cour à maman,
Et ménagez sur-tout ma bonne.
    Tout doucement
  On attend l'événement ;
L'espoir est un nouvel aimant.

Sur Thémire en vain chacun veille,
Elle échappe à l'œil le plus fin,
Argus s'endormit à la fin.
Mais l'Amour jamais ne sommeille ;
    Tout doucement
  Il arrive au dénoûment ;
Le cœur s'attache à son aimant.

TABLE.

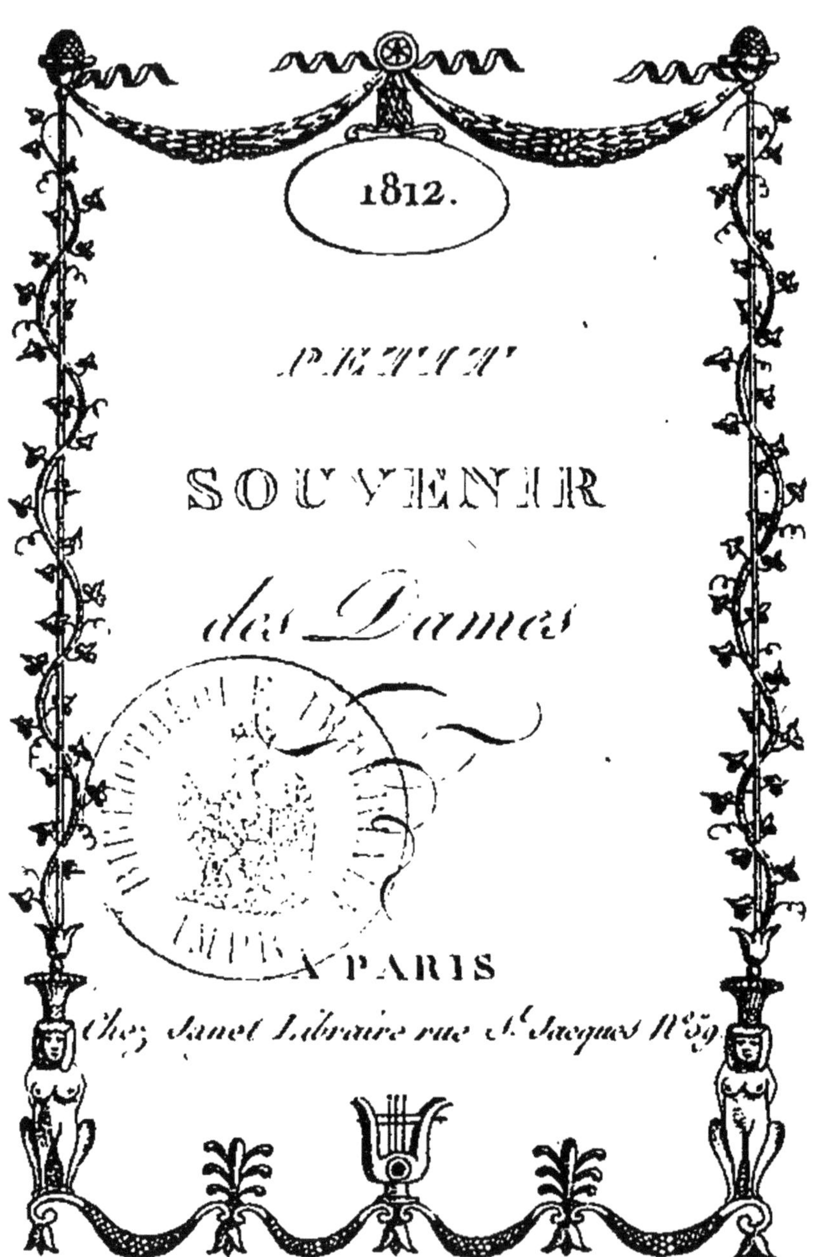

1812.

PETIT

SOUVENIR

des Dames

A PARIS

Chez Janet Libraire rue St Jacques N°59.

DIMANCHE

LUNDI

LUNDI

MARDI

MERCREDI

JEUDI

VENDREDI

SAMEDI

JANVIER

FÉVRIER

MARS

AVRIL

MAI

JUIN

JUILLET

AOUT

SEPTEMBRE.

OCTOBRE

NOVEMBRE

DÉCEMBRE

JANVIER. 1812.

Mercredi	1	LA CIRCONCISION.	
Jeudi	2	s. Basile.	
Vendredi	3	ste GÉNEVIÈVE.	
Samedi	4	s. Rigobert.	☾ D. Q.
DIM.	5	s. Simon. V.	
Lundi	6	L'ÉPIPHANIE.	le 6 à
Mardi	7	s. Théau.	8 h. 28
Mercredi	8	s. Lucien.	m. du
Jeudi	9	s. Fursy, abbé.	soir.
Vendredi	10	s. Paul, hermite.	
Samedi	11	s. Théodose.	● N.
1 DIM.	12	s. Fréjus.	L.
Lundi	13	Baptême de N. S.	le 14 à
Mardi	14	s. Hilaire.	8 h. 27
Mercredi	15	s. Maur, abbé.	m. du
Jeudi	16	s. Guillaume.	matin.
Vendredi	17	s. Antoine, abbé.	
Samedi	18	Chaire de s. Pierre.	☽ P.
2 DIM.	19	s. Sulpice.	Q.
Lundi	20	s. Sébastien.	le 21 à
Mardi	21	ste Agnès, v. m.	1 h. 58
Mercredi	22	s. Vincent, m.	m. du
Jeudi	23	s. Ildephonse.	matin.
Vendredi	24	s. Babylas.	
Samedi	25	Conv. de s. Paul.	☉ P.
DIM.	26	*Septuagésime.*	L.
Lundi	27	s. Julien.	le 28 à
Mardi	28	s. Charlemagne.	11 h.
Mercredi	29	s. Franç. de Sales.	47 m.
Jeudi	30	ste Bathilde, v.	du s.
Vendredi	31	s. Pierre, n.	

FÉVRIER.

JOURS de la SEMAINE.	J. d. M.	NOMS des SAINTS.	PHASES de la LUNE.
Samedi	1	s. Ignace.	
DIM.	2	*Sexagésime.*	
Lundi	3	s. Blaise.	
Mardi	4	s. Philéas.	☾ D. Q.
Mercredi	5	ste Agathe.	
Jeudi	6	s. Vast, évêque.	le 5 à 4
Vendredi	7	s. Romuald.	h. 49 m
Samedi	8	s. Jean de Matha.	du s.
DIM.	9	*Quinquagésime.*	
Lundi	10	ste. Scholastique.	● N.
Mardi	11	s. Séverin.	L.
Mercredi	12	*Les Cendres.*	le 12 à
Jeudi	13	s. Lézin, évêque.	8 h. 10
Vendredi	14	les 5 Plaies.	m. du
Samedi	15	s. Faustin.	soir.
1 DIM.	16	*Quadragésime.*	
Lundi	17	s. Silvain.	☽ P.
Mardi	18	s. Siméon, év.	Q.
Mercredi	19	*Quatre-Temps.*	le 19 à
Jeudi	20	s. Eucher.	11 h.
Vendredi	21	s. Pépin.	36 m.
Samedi	22	Ch. s. P. à Antioc.	du s.
2 DIM.	23	*Reminiscere.*	
Lundi	24	s. Pretextat.	☉ P.
Mardi	25	s. Mathias,	L.
Mercredi	26	s. Porphyre.	le 27 à
Jeudi	27	s. Julien.	6 h. 0
Vendredi	28	ste. Honorine.	m. du
Samedi	29	s. Romain.	matin.

Epacte.... XVII. Lettre Dominicale... E D

MARS.

JOURS de la SEMAINE.	J. d. M.	NOMS des SAINTS.	PHASES de la LUNE.
3 DIM.	1	*Oculi.*	
Lundi	2	s. Simplice.	
Mardi	3	ste. Gunégonde.	
Mercredi	4	s. Casimir.	
Jeudi	5	s. Drausin, évêq.	☾ D.
Vendredi	6	s. Godegrand.	Q.
Samedi	7	ste Perpétue.	le 6 à
4 DIM.	8	*Lœrare.*	9 h. 58
Lundi	9	ste Françoise.	m. du
Mardi	10	s. Doctovrée.	matin.
Mercredi	11	Les 40 Martyrs.	
Jeudi	12	s. Pol, évêque.	● N.
Vendredi	13	ste Euphrasie.	L.
Samedi	14	s. Lubin, év.	le 13 à
5 DIM.	15	*La Passion.*	6 h. 31
Lundi	16	s. Abraham.	m. du
Mardi	17	ste. Gertrude.	matin.
Mercredi	18	s. Alexandre.	
Jeudi	19	s. Joseph.	☽ P.
Vendredi	20	La Compassion.	Q.
Samedi	21	s. Benoît.	le 19 à
6 DIM.	22	*Rameaux.*	11 h. 10
Lundi	23	s. Victorin	m. du
Mardi	24	s. Simon, mart.	soir.
Mercredi	25	s. Irénée.	
Jeudi	26	s. Ludger.	☉ P.
Vendredi	27	*Vendredi-saint.*	L.
Samedi	28	s. Gontrand, roi.	le 28 à
DIM.	29	PAQUES.	0 h. 25
Lundi	30	s. Rieule.	m. du
Mardi	31	s. Acace.	matin.

<table>
<tr><td colspan="4" align="center">AVRIL.</td></tr>
<tr><td>JOURS
de la
SEMAINE.</td><td>J.
d.
M.</td><td>NOMS
des
SAINTS.</td><td>PHASES
de la
LUNE.</td></tr>
<tr><td>Mercredi</td><td>1</td><td>s. Hugues, év.</td><td></td></tr>
<tr><td>Jeudi</td><td>2</td><td>s. Franç. de Paule.</td><td></td></tr>
<tr><td>Vendredi</td><td>3</td><td>s. Richard.</td><td></td></tr>
<tr><td>Samedi</td><td>4</td><td>s. Ambroise, évêq.</td><td>D.
Q.</td></tr>
<tr><td>1 DIM.</td><td>5</td><td>QUASIMODO.</td><td>le 4 à</td></tr>
<tr><td>Lundi</td><td>6</td><td>Annonciation.</td><td>11 h. 14</td></tr>
<tr><td>Mardi</td><td>7</td><td>ste. Hégésipe.</td><td>m. du</td></tr>
<tr><td>Mercredi</td><td>8</td><td>s. Perpet, év.</td><td>soir.</td></tr>
<tr><td>Jeudi</td><td>9</td><td>ste Marie-Egypt.</td><td></td></tr>
<tr><td>Vendredi</td><td>10</td><td>s. Onésime.</td><td></td></tr>
<tr><td>Samedi</td><td>11</td><td>s. Léon, pape.</td><td>N.
L.</td></tr>
<tr><td>2 DIM.</td><td>12</td><td>s. Florentin.</td><td>le 11 à</td></tr>
<tr><td>Lundi</td><td>13</td><td>ste Hermenégilde.</td><td>3 h. 36</td></tr>
<tr><td>Mardi</td><td>14</td><td>s. Tiburce.</td><td>m. du</td></tr>
<tr><td>Mercredi</td><td>15</td><td>s. Paterne, év.</td><td>soir.</td></tr>
<tr><td>Jeudi</td><td>16</td><td>s. Fructueux.</td><td></td></tr>
<tr><td>Vendredi</td><td>17</td><td>s. Anicet.</td><td></td></tr>
<tr><td>Samedi</td><td>18</td><td>s. Parfait, prêtre.</td><td>P.
Q.</td></tr>
<tr><td>3 DIM.</td><td>19</td><td>s. Elphège.</td><td>le 18 à</td></tr>
<tr><td>Lundi</td><td>20</td><td>s. Hildegonde.</td><td>o h. 59</td></tr>
<tr><td>Mardi</td><td>21</td><td>s. Anselme.</td><td>m. du</td></tr>
<tr><td>Mercredi</td><td>22</td><td>ste Opportune.</td><td>soir.</td></tr>
<tr><td>Jeudi</td><td>23</td><td>s. Georges.</td><td></td></tr>
<tr><td>Vendredi</td><td>24</td><td>s. Marcellin.</td><td></td></tr>
<tr><td>Samedi</td><td>25</td><td>s. Marc, évang.</td><td>P.
L.</td></tr>
<tr><td>4 DIM.</td><td>26</td><td>s. Clet, p. m.</td><td>le 26 à</td></tr>
<tr><td>Lundi.</td><td>27</td><td>s. Policarpe.</td><td>5 h. 20</td></tr>
<tr><td>Mardi</td><td>28</td><td>s. Vital.</td><td>m. du</td></tr>
<tr><td>Mercredi</td><td>29</td><td>s. Robert, abbé.</td><td>soir.</td></tr>
<tr><td>Jeudi</td><td>30</td><td>s. Eutrope, évêq.</td><td></td></tr>
</table>

M A I.

JOURS de la SEMAINE.	J. d. M.	NOMS des SAINTS.	PHASES de la LUNE.
Vendredi	1	s. Jacq. s. Philip.	
Samedi	2	s. Athanase.	
5 DIM.	3	Inv. de ste Cr.	
Lundi	4	*Rogations.*	
Mardi	5	Conv. de s. Aug.	☾ D. Q.
Mercredi	6	s. Jean P. L.	
Jeudi	7	L'ASCENSION.	le 4 à
Vendredi	8	s. Désiré, évêque.	8 h. 46
Samedi	9	s. Grégoire de N.	m. du
6 DIM.	10	s. Gordien.	matin.
Lundi	11	s. Mamert.	
Mardi	12	s. Nérée, mart.	● N.
Mercredi	13	s. Servais.	L.
Jeudi	14	s. Boniface.	le 10 à
Vendredi	15	s. Isidore.	11 h.48
Samedi	16	s. Honoré. V. J.	m. du
DIM.	17	PENTECOTE.	soir.
Lundi	18	s. Félix.	
Mardi	19	s. Célestin.	☽ P.
Mercredi	20	*Quatre-temps.*	Q.
Jeudi	21	s. Hospice.	le 18 à
Vendredi	22	ste Julie.	4 h. 25
Samedi	23	s. Didier, év.	m. du
1 DIM.	24	*Trinité.*	matin.
Lundi	25	s. Urbain, pape.	
Mardi	26	s. Séphirin.	☉ P.
Mercredi	27	s. Jean, pape.	L.
Jeudi	28	FÊTE-DIEU.	le 26 à
Vendredi	29	ste Pétronille.	7 h. 43
Samedi	30	s. Maximin.	m. du
2 DIM.	31	s. Hubert.	matin.

JUIN.

JOURS de la SEMAINE.	J. d. M.	NOMS des SAINTS.	PHASES de la LUNE.
Lundi	1	s. Pamphile.	
Mardi	2	s. Pothin , év.	
Mercredi	3	ste Clotilde.	
Jeudi	4	OCT. FÊTE-DIEU.	☾ D. Q.
Vendredi	5	s. Boniface, év.	
Samedi	6	s. Norbert.	le 2 à
3 DIM.	7	s. Paul de C.	3 h. 19
Lundi	8	s. Médard.	m. du
Mardi	9	s. Prime.	soir.
Mercredi	10	s. Landry , év.	
Jeudi	11	s. Barnabé.	● N.
Vendredi	12	s. Basilide.	L.
Samedi	13	s. Antoine de Pad.	le 9 à
4 DIM.	14	s. Rufin.	7 h. 59
Lundi	15	s. Gui.	m. du
Mardi	16	s. Fargeau.	matin.
Mercredi	17	s. Avit , abbé.	
Jeudi	18	ste Marine.	☽ P.
Vendredi	19	s. Gervais, s. Prot.	Q.
Samedi	20	s. Silvère.	le 16 à
5 DIM.	21	s. Leufroi, abbé.	9 h. 16
Lundi	22	s. Paulin.	m. du
Mardi	23	s. Andri.	soir.
Mercredi	24	s. Jean-Baptiste.	
Jeudi	25	Trans. s. Éloi.	☉ P.
Vendredi	26	s. Babolein, abbé.	L.
Samedi	27	s. Crescent.	le 24 à
6 DIM.	28	s. Irenée.	7 h. 42
Lundi	29	s. PIER. s. PAUL.	m. du
Mardi	30	Comm. s. Paul.	soir.

JUILLET.

JOURS de la SEMAINE.	J. d. M.	NOMS des SAINTS.	PHASES de la LUNE.
Mercredi	1	s. Martial.	☾ D. Q.
Jeudi	2	Vis. de la Vierge.	
Vendredi	3	s. Anatole, évêque.	le 1 à
Samedi	4	Tr. de s. Martin.	8 h. 2
7 DIM.	5	ste Zoé, martyr.	m. du
Lundi	6	s. Tranquillin.	soir.
Mardi	7	ste Aubierge.	
Mercredi	8	ste Élisabeth.	● N. L.
Jeudi	9	ste Victoire.	
Vendredi	10	ste Félicité.	le 8 à
samedi	11	Tr. de s. Benoît.	5 h. 22
8 DIM.	12	Tr. de s. Prix.	m. du
Lundi	13	s. Turiaf.	soir.
Mardi	14	s. Bonaventure.	☽ P. Q.
Mercredi	15	s. Henri, emper.	
Jeudi	16	N. D. du C.	le 16 à
Vendredi	17	s. Spérat.	2 h. 34
Samedi	18	s. Clair.	m. du
9 DIM.	19	s. Vincent de P.	soir.
Lundi	20	ste Marguerite.	☉ P. L.
Mardi	21	s. Victor, martyr.	
Mercredi	22	ste Madeleine.	le 24 à
Jeudi	23	s. Appollinaire.	5 h. 54
Vendredi	24	ste Christine.	m. du
Samedi	25	s. Jac. s. Chr.	matin.
10 DIM.	26	Tr. s. Marcel.	☽ P. Q.
Lundi	27	s. Pantaléon.	
Mardi.	28	ste Anne.	le 31 à
Mercredi	29	ste Marthe.	0 h. 27
Jeudi	30	s. Abdon.	m. du
Vendredi	31	s. Germain-l'Aux.	matin.

AOUT.

JOURS de la s.	jd M.	NOMS des SAINTS.	PHASES de la l.
Samedi	1	s. Pierre-ès-Liens.	
11 DIM.	2	Susc. de la ste. cr.	
Lundi	3	Inv. de s. Etienne.	
Mardi	4	s. Dominique.	
Mercredi	5	s. Yon, mart.	
Jeudi	6	Transfig. de N. S.	N. L.
Vendredi	7	s. Gaétan.	
Samedi	8	s. Justin, martyr.	le 7 à
12 DIM.	9	s. Romain.	5 h. 4
Lundi	10	s. Laurent, mart.	m. du
Mardi	11	Suscep. ste Couro.	matin.
Mercredi	12	ste Claire.	
Jeudi	13	s. Hippolyte.	P. Q.
Vendredi	14	s. Eusèbe.	
Samedi	15	ASSOMP. s. NAP. ANN. DU CONCORD.	le 15 à 7 h. 37
13 DIM.	16	s. Roch.	m. du matin.
Lundi	17	s. Mammès, mart.	
Mardi	18	ste Hélène.	
Mercredi	19	s. Louis, évêque.	P. L.
Jeudi	20	s. Bernard.	
Vendredi	21	ste J. Fr. de Ch.	le 22 à
Samedi	22	s. Symphorien.	3 h. 8
14 DIM.	23	s. Timothée.	m. du
Lundi	24	s. Barthélemy.	soir.
Mardi	25	s. Louis.	
Mercredi	26	s. Zéphirin.	D. Q.
Jeudi	27	s. Césaire.	
Vendredi	28	s. Augustin.	le 29 à
Samedi	29	s. Médéric, abbé.	6 h. 10
15 DIM.	30	s. Fiacre.	m. du
Lundi	31	s. Ovide.	matin.

JOURS de la SEMAINE.	J. d. M.	NOMS des SAINTS.	PHASES de la LUNE.
Mardi	1	s. Leu, s. Gilles.	
Mercredi	2	s. Lazare.	
Jeudi	3	s. Grégoire.	
Vendredi	4	ste Rosalie.	
Samedi	5	s. Bertin, abbé.	N. L.
16 DIM.	6	s. Onésipe.	le 5 à 7
Lundi	7	s. Cloud.	h. 31 m.
Mardi	8	NATIV. DE N. D.	du s.
Mercredi	9	s. Omer, évêque.	
Jeudi	10	s. Nicolas Tol.	
Vendredi	11	s. Patient, évêque.	P. Q.
Samedi	12	s. Serdot, évêque.	le 13 à
17 DIM.	13	s. Maurille.	11 h. 48
Lundi	14	Exalt. ste Croix.	m. du
Mardi	15	s. Nicomède.	soir.
Mercredi	16	*Quatre-temps.*	
Jeudi	17	s. Lambert, évêq.	
Vendredi	18	s. Jean Chrisost.	P. L.
Samedi	19	s. Janvier.	le 21 à
18 DIM.	20	s. Eustache.	0 h. 0
Lundi	21	s. Mathieu.	m. du
Mardi	22	s. Maurice.	matin.
Mercredi	23	ste Thècle, v. m.	
Jeudi	24	s. Andoche.	D. Q.
Vendredi	25	s. Firmin.	le 27 à
Samedi	26	ste Justine.	2 h. 41
19 DIM.	27	s. Côme, s. Dam.	m. du
Lundi	28	s. Céran.	soir.
Mardi	29	s. Michel.	
Mercredi	30	s. Jérôme.	

<table>
<tr><td colspan="4" align="center">OCTOBRE.</td></tr>
<tr><td>JOURS
de la
SEMAINE.</td><td>J.
d.
M.</td><td>NOMS
des
SAINTS.</td><td>PHASES
de la
LUNE.</td></tr>
<tr><td>Jeudi</td><td>1</td><td>s. Remi , évêque.</td><td></td></tr>
<tr><td>Vendredi</td><td>2</td><td>ss. Anges Gard.</td><td></td></tr>
<tr><td>Samedi</td><td>3</td><td>s. Denis, Ar.</td><td></td></tr>
<tr><td>20 DIM.</td><td>4</td><td>s. François d'Ass.</td><td></td></tr>
<tr><td>Lundi</td><td>5</td><td>ste Aure, v.</td><td>N.
L.</td></tr>
<tr><td>Mardi</td><td>6</td><td>s. Bruno.</td><td></td></tr>
<tr><td>Mercredi</td><td>7</td><td>s. Serge.</td><td>le 5 à o</td></tr>
<tr><td>Jeudi</td><td>8</td><td>s. Demètre.</td><td>h. 19m.</td></tr>
<tr><td>Vendredi</td><td>9</td><td>s. DENIS.</td><td>du soir.</td></tr>
<tr><td>Samedi</td><td>10</td><td>ss. Géréon, etc.</td><td></td></tr>
<tr><td>21 DIM.</td><td>11</td><td>ss. Nicaise, etc.</td><td>P.</td></tr>
<tr><td>Lundi</td><td>12</td><td>s. Vilfride.</td><td>Q.</td></tr>
<tr><td>Mardi</td><td>13</td><td>s. Géraud.</td><td>le 13 à</td></tr>
<tr><td>Mercredi</td><td>14</td><td>s. Caliste.</td><td>2 h. 34</td></tr>
<tr><td>Jeudi</td><td>15</td><td>ste Thérèse.</td><td>m. du</td></tr>
<tr><td>Vendredi</td><td>16</td><td>s. Gal, abbé.</td><td>soir.</td></tr>
<tr><td>Samedi</td><td>17</td><td>s. Cerbonney.</td><td></td></tr>
<tr><td>22 DIM.</td><td>18</td><td>s. Luc, évang.</td><td></td></tr>
<tr><td>Lundi</td><td>19</td><td>ss. Savinien, etc.</td><td>P.</td></tr>
<tr><td>Mardi</td><td>20</td><td>s. Sendou.</td><td>L.</td></tr>
<tr><td>Mercredi</td><td>21</td><td>ste Ursule.</td><td>le 20 à</td></tr>
<tr><td>Jeudi</td><td>22</td><td>s. Mellon.</td><td>9 h. o</td></tr>
<tr><td>Vendredi</td><td>23</td><td>s. Hilarion.</td><td>m du</td></tr>
<tr><td>Samedi</td><td>24</td><td>s. Magloire.</td><td>matin.</td></tr>
<tr><td>23 DIM.</td><td>25</td><td>s. Crépin.</td><td></td></tr>
<tr><td>Lundi</td><td>26</td><td>s. Rustique.</td><td>D.</td></tr>
<tr><td>Mardi</td><td>27</td><td>s. Frumence.</td><td>Q.</td></tr>
<tr><td>Mercredi</td><td>28</td><td>ss. Simon et Jude.</td><td>le 27 à</td></tr>
<tr><td>Jeudi</td><td>29</td><td>s. Faron, évêque.</td><td>3 h. 2</td></tr>
<tr><td>Vendredi</td><td>30</td><td>s. Lucain.</td><td>m. du</td></tr>
<tr><td>Samedi</td><td>31</td><td>s. Quentin. V. J.</td><td>matin.</td></tr>
</table>

JOURS de la SEMAINE.	J. d. M.	NOMS des SAINTS.	PHASES de la LUNE.
24 DIM.	1	LA TOUSSAINT.	
Lundi	2	LES MORTS.	
Mardi	3	s. Marcel.	
Mercredi	4	s. Charles.	N.
Jeudi	5	ste Bertile.	L.
Vendredi	6	s. Léonard.	le à
Samedi	7	s. Wilebrod.	6 h. 23
25 DIM.	8	stes Reliques.	m. du
Lundi	9	s. Mathurin.	matin.
Mardi	10	s. Léon, pape.	
Mercredi	11	s. Martin, evêque.	P.
Jeudi	12	s. René.	Q.
Vendredi	13	s. Brice, évêque.	le 12 à
Samedi	14	s. Maclou, évêque.	3 h. 24
26 DIM.	15	s. Eugène, martyr.	m. du
Lundi	16	s. Edme.	matin.
Mardi	17	s. Agnan, évêque.	
Mercredi	18	ste Aude, v.	P.
Jeudi	19	ste Elisabeth.	L.
Vendredi	20	s. Edmond.	le 18 à
Samedi	21	la Présent. N. D.	6 h. 39
27 DIM.	22	ste Cécile.	m. du
Lundi	23	s. Clément.	soir.
Mardi	24	s. Séverin.	
Mercredi	25	ste Catherine.	D.
Jeudi	26	ste Gen. des Ard.	Q.
Vendredi	27	s. Vital.	le 25 à
Samedi	28	s. Sosthène.	7 h. 29
1 DIM.	29	L'AVENT.	m. du
Lundi	30	s. André, apôtre.	soir.

DÉCEMBRE.

JOURS de la SEMAINE.	J. d. M.	NOMS des SAINTS.	PHASES de la LUNE.
Mardi	1	s. Éloi, év.	
Mercredi	2	LA BAT. D'AUSTER.	
Jeudi	3	s. Mirocle.	
Vendredi	4	ste Barbe.	● N.
Samedi	5	s. Sabas, abbé.	L.
2 DIM.	6	AN. D. COUR. s. Nic.	le 4 à
Lundi	7	ste Fare, vierge.	o h. 20
Mardi	8	LA CONCEPTION.	m. du
Mercredi	9	ste Gorgonie.	mat.
Jeudi	10	ste Valère.	
Vendredi	11	s. Fuscien.	☽ P.
Samedi	12	s. Damase.	Q.
3 DIM.	13	ste Luce.	le 11 à
Lundi	14	s. Nicaise.	2 h. o
Mardi	15	*Quatre-temps.*	m. du
Mercredi	16	s. Mesmin.	soir.
Jeudi	17	s. Gatien, év.	
Vendredi	18	ste Olympiade.	☉ P.
Samedi	19	ste Meuris.	L.
4 DIM.	20	s. Philogone.	le 18 à
Lundi	21	s. Thomas.	5 h. 32
Mardi	22	s. Ischirion.	m. du
Mercredi	23	s. Yves, év.	matin.
Jeudi	24	*Vigile-jeune.*	
Vendredi	25	NOEL.	☾ D.
Samedi	26	s. Étienne.	Q.
DIM.	27	s. Jean évang.	le 25 à
Lundi	28	ss. Innocens.	3 h. 16
Mardi	29	s. Th. de Can.	m. du
Mercredi	30	ste Colomb.	soir.
Jeudi	31	s. Sylvestre.